서른 살 삶에 더 이상 금기는 없다

성숙한 시민에게 위안을 주는 작은 책

서른 살 삶에 더 이상 금기는 없다

한스 칸테라이트 씀

노명우 옮김

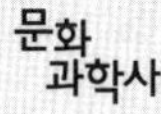

문화
과학사

Na, auch schon 30?
by
Hans Kantereit

목차

서문

자유기고가들이 다소 게으르다는 걸 부정할 필요는 없다.

노동시간을 자유롭게 분배할 수 있는 자유기고가의 직업적 상황 때문에 이들은 적어도 이론적으로는 하루에 24시간 동안 일할 수 있다.

하지만 자유기고가들은 아이디어가 떠오르지 않으면 휴식을 취해야만 한다.

그랬기에 출판편집자가 전화를 걸어 이 책의 계획을 말했을 때 나는 이렇게 반응했다.

"말도 안돼요. 나는 이번 달에는 좀 쉬어야 합니다. 오토바이에 좋아하는 스낵류를 잔뜩 싣고 야외로 바람 쐬러 가려던 참이에요. 당연히 내일도 그럴 겁니다. 좋아하는 스낵 등을 새로 살뿐이죠. 내일은 시내로 가볼 겁니다. 당연하죠. 휴식이 필요하니까요."

내가 거절의 편지를 쓰고 있을 때 사정이 갑자기 변했다. 아내가 머리를 문 사이로 삐죽 내밀고 물었다.
"지금 뭘 쓰고 있어요?"
"아무 것도 아냐. 난 지금 휴가 중이라고!"
"정말로? 멋지군요!"
그녀는 환호를 질렀다.
"그렇담 이제 당신 친구 위르겐 플리게의 특별한 이야기를 쓸 수 있겠네요. 나는 당신이 그 이야기를 언제 쓰나 하고 5년이나 기다렸어요."

이 순간 나에게 선택의 여지가 없다는 것을 분명하게 깨달았다. 아내가 기대하는 이야기를 써야겠다고 생각했다. 아내는 내가 키보드 두드리는 걸 잠시 중단할 때마다, 고개를 문 사이로 삐죽 내밀고 위르겐 플리게 이야기를 써야 한다고 종용했다.
그래! 나는 이 책을 즐겁게 쓸 것이다. 그렇다. 즐겁게 쓴다는 건 약간 과장된 말이다. 왜냐하면 만만한 일은 아니니까.

1

인생을 망치며
도달한 서른

우리는 어떻게 그리고 왜 유년 시절, 사춘기,
직업선택의 곤경으로부터 살아 남았는가?

30대에게 특별한 것이 무엇인지, 혹은 왜 30대를 인생의 중요한 단면이라 하는가의 문제를 살펴보기 전에 30대에 도달하는 여정에서 우리를 곤경에 빠뜨렸던 것들을 자세히 살펴보도록 하자.

첫 번째 곤경 | 행복한 유년기

두 번째 곤경 | 사춘기

세 번째 곤경 | 직업 선택과 교육

자신의 인생을 망치지 않고 서른에 도달한다는 것이
얼마나 어려운가는 우리가 너무나 잘 알고 있지 않은가.

 # 행복한 유년기

의사와 아동심리학자들의 발견을 통해 입증하지 않더라도 사람들이 5살과 8살 사이에 처음으로 의식적인 지각을 하기 시작한다는 것은 분명하다.

이 첫 번째 지각은 아주 큰 영향을 발휘한다. 왜냐하면 첫 번째 지각은 대부분 불쾌한 것이기 때문이다.

이 나이 때에는 적당한 대화 상대자가 없다. 어린 아이가 뭔가를 계획하고 어디론가 가기 위해 일어나면 그보다 더 크고 강한 사람이 앞에 서서 방해하고 참견했던 걸 거의 모든 사람이 경험했을 것이다.

그건 놀라울 뿐만 아니라 비인간적이기도 하다. 그건 불쾌하고 슬픈 경험이다. 하지만 이러한 경험은 매우 강력한 상징적 가치를 지닌다. 왜냐하면 이러한 경험은 18세가 될 때까지 약간씩 변형된 형태로 반복되기 때문이다.

홍역을 앓게 되면 학교에 갈 필요가 없었다. 홍역을 앓고 있는 사람은 침대에 누워 있어야 한다!

방학이다. 하지만 부모님들은 햇빛 좋은 남쪽으로 휴가를 가지도 않고, 정원에 깔린 돌들을 겨울에 대비해 보수하려 한다. 방학 첫 날 우리는 창가에서 휴가를 떠나는 사람으로 북적이는 도로를 보면서 집에 머물러 있어야 한다.

또는 부모가 휴가를 위해 쓸 수 있는 돈이 있어 흥미로운 여행지를 찾아 4주간 여행을 하려 한다. 휴가를 가는 건 좋지만 휴가 기간 동안 엄마 곁에 항상 붙어있어야 한다! 그렇다면 차라리 집에 처박혀 있는 편이 낫다.

만약 다섯 살 짜리 아이가 자신의 계획이 부모에 의해 차단되는 것을 경험하게 되면, 아이는 "도대체 나에게 다리는 무엇 때문에 있는가?"라고 수천 번 속으로 물을 것이다.

어린 아이들의 열정은 측정할 수 없는 정도로 강하기 때문에 우리는 이미 6살부터 감옥에 갇혀 있다는 느낌을 받는다.

우리는 새로 짠 스웨터를 입고 손에 과자가 가득 든 봉투를 든 채로 초등학교에 가서 두려워하면서 서 있게 된다. 만약 우리가 초등학교에 가지 않는다면 후속세대들은 생겨나지 않을 테니까.

엄마는 우리가 쪼여옴을 느끼더라도 침을 발라가며 느슨한 앞머리를 이마 위에 고정시키면서, 초등학교 1학년은 멋진 거라고 설득한다. 엄마의 말에 의하면 오늘 우리는 성인이 되는 길에 한 발자국 다가선다는 것이다.

그 말은 멋지게 들린다. 우리는 뭔가 새로운 걸 예감하면서 학교를 향해 출발한다.

하지만 학교에 나간 지 이틀도 되지 않아 명확해 진다. "어른들은 거짓말을 했다!"

어제만 하더라도 우리는 개는 남은 음식을 먹어치우고 밤에는 대문간에 앉아 낯선 사람이 지나가면 짖어대는 유용한 동물이라고 확신했었다.

하지만 오늘 우리는 학교 수업에서 개는 사랑스러운 동물이고 모든 어린이의 친구라고 배운다.

두 번째 날까지만 해도 우리는 자신의 하루 종일 무슨 일을 하는지 우리에게 설명했던 옆집에 사는 산파는 존경할 만한 사람이라고 생각했었다.

하지만 세 번째 날 존경할 만한 사람이라고 생각했던 산파는 학교에서 설명하는 바를 믿는다면 거짓말쟁이이고 허풍쟁이임에 틀림없다고 우리는 깨닫는다.

산파는 우리가 어떻게 세상에 태어났는지에 대해 거짓말을 늘어놓았던 것이다.

몇 년 후 우리가 고학년이 되면, 역사 선생님이란 사람이 나타나 교실 정면에 커다란 지도를 걸어놓는다.

이제 우리는 사실을 배우게 된다. 하지만 우리는 이미 소싸움, 젤라토(Gelato)와 세노리따(Senoritas) 와 같은 것에 대한 지식을 텔레비전에서 들어서 알고 있다.

그런데도 수업이 시작되면 죄 없는 지도들이 오용되면서 우리가 알고 있는 사실들의 배경을 배우게 된다.

우리는 사이프러스(Cypress)와 코르시카(Crosica) 사이에서 일어난 로마 제국의 몰락이 역사상 가장 의미 있고 중요한 사건이라는 걸 12시간 동안이나 듣게 된다.

하지만 학생들은 첫 번째 수업부터 듣지 않고 딴 짓을 한다.

우리는 15년 후에 요구르트 병이나 화장실 열쇠를 들고 있는, 수업을 같이 들었던 예전의 급우들을 관청

복도에서 마주치게 된다.

그들은 사무실보다는 오히려 복도에서 많은 시간을 보내고, 그들의 얼굴에는 이러한 행운을 얻었다는 걸 당연시 여기는 태도가 쓰여 있다.

우리의 지적 능력과 잠재력을 잡아먹는 학교제도에 존경을 표하자.

그리고 빨리 학교제도에 대해서 잊어버리고 몇 초도 더 이상 학교제도 문제 때문에 골머리를 썩이지 말자.

서른 살이라는 평온한 항구로 가는 고행의 길에는 바위 조각과 같은 난관들이 널려 있다. 앞이 보이지 않는 굽은 길에서 우리가 흔히 사춘기라 칭하던 시기는 오히려 사소한 것에 불과할지도 모른다.

사춘기

만약 내가 사춘기에 대해서 허풍을 떨기 시작하면 십 중팔구 이 책을 읽는 독자들은 지루해 할 것이다.

왜냐하면 대부분의 독자들은 자신이 미성년이었던 시절이 자신의 인생에 있어서 좋았던 시절이라고 생각하고, 사춘기가 시작되면서 나타나는 여드름과 같은 증상들을 좋은 기억으로 간직하고 있기 때문이다.

14살, 15살 짜리들이 함께 모여 위스키에 콜라를 타서 마시면서 마침 유행하고 있는 노래에 관해 재잘거리는 걸 듣게 되면, 사람들은 자신이 바로 그 나이였을 때를 회상하면서 그 시기가 자신의 인생에 있어서 가장 아름다웠던 시절이라고 우기곤 한다.

그건 한마디로 말도 안 되는 헛소리이다!

사춘기 시절은 인생에 있어서 가장 나쁜 시절이다. 단지 당신이 그걸 정확히 기억하지 못할 뿐이다.

솔직해지자.

우리의 삶의 어떤 단계보다 하고 싶은 것과 할 수 있

는 것, 해도 되는 것과 해야만 하는 것, 겉으로 드러나는 것과 실제적인 것, 갖고 싶은 것과 갖고 있는 것 사이의 괴리가 가장 큰 때가 사춘기이다.

만약 우리가 장난삼아 사춘기 시절이 가장 좋았다고 떠들어 대는 사람에게, 100와트 전등 밑에서 심문하듯 그 시절을 그토록 잊지 못하도록 만드는 사실이 무엇인지 조목조목 말해보라고 요구한다면 대부분의 사람들은 기가 꺾여 얌전해질 것이다.

사람들이 그 시절의 아름다움이라고 말하는 것은 이런 것들이다. 그 때는 토요일 밤마다 작은 오토바이에 셋이 끼어 타고는 디스코텍에 갔었다. 그 때는 정기예금 잔고가 정확한지 걱정하지 않았다. 그 때는 골머리를 썩이는 융자금도 없었다. 그 때는 매달 전화요금 영수증을 걱정하지도 않았고, 맥주를 마시면서도 배 나올 걱정을 하지 않았다.

이렇게 지금은 그 때와 다르다고 그들은 신세타령을 한다.

맥주와 어울리는 건 나온 배이다.

최후의 발악은 가난하고, 멍청했으며 자기만의 전화도 없이 초라한 짚더미 속에 처박혀 있던 시절이라고 설명할 수 있는 상황을 아무 생각 없이 미화하는 것이다.

어떤 이가 자신은 진정으로 이 시절을 즐겼다고 주장한다면 그는 사춘기 시절의 껍데기만을 보거나 그 시절에 실제로 일어났던 일들을 잊고 있는 것이다.

혹은 그는 정말로 운이 좋았던 사람이다.

이런 억지 주장은 성가시고 쉽게 해결할 수 없기는 하지만 우리가 나이 들어서 훨씬 잘 해결할 수 있는 일들이 있다는 걸 간과하고 있다.

비로소 서른 살이 되었을 때 우리는 중요한 일들이 요구하는 성숙함을 갖게 된다.

이 사실을 모르는 사람들은 젊은 사람들이 성숙함이 부족하여 감당할 수 없는 한계에 도달했을 때 손쉽게 그들에게 "커서 뭐가 되려고 하니?"라고 힐책한다.

바로 우리도 사춘기 시절에 그런 말을 들었었다.

세 번째 곤경 | 직업 선택과 교육

　현재의 교육제도가 마음에 든다고 말한다면, 소름끼칠 정도로 어리석음과 무식함을 증명하는 것이다.

　정당화할 수도 없고 이유도 없이 아직 밤이 채 가셨다고 볼 수 없는 이른 시간에 학교에 간다는 것이 얼마나 의미 없고, 인간 학대적이고 폭력적이면서 슬픈지 생각해 보라.

　그것도 겨울이든 여름이든 상관없이 말이다. 8시에! 해가 떠있든, 폭우가 오든 간에, 8시에!

　그 시간은 이성적 능력이 있는 사람이라면 잠을 자는 것 이외에 다른 것을 할 수 없는 때이다.

　8시라니!

　심지어 6시에 일어나는 아이들도 있다. 학교에 다니는 학생들이 아침에 일어나야 하는 것 때문에 오후에 아무 것도 해서는 안 되는 곳이 또 어디 있는가?

　이 가련한 아이들은 6시에 일어나야 한다.

　그건 의도된 학살이다.

　중요한 건 모든 것이 너무 빠르다는 것이다!

어떻게 열 여섯 살 혹은 열 여덟 살 먹은 사람이 이후의 인생에서 어떤 직업을 택해야 하는지를 알 수 있는가? 물론 그들은 상담교사와 오랜 시간 동안 장래에 대해서 의견을 교환할 수도 있다. 하지만 사람들이 이들에게 미래의 희망직업을 물어보면 그들은 보통 총알처럼 재빨리 대답을 한다.

하지만 그들은 24시간만 지나면 사정이 완전히 다르다는 걸 깨닫는다.

그리고도 우리는 종종 너무 늦게 깨닫는다. 그리고 10년 후쯤 그는 당연히 사정은 생각과 다르다는 걸 분명히 알게 된다.

하지만 그 땐 분명히 모든 게 늦었다.

적합한 결정을 너무 일찍 내렸기에 한 사람의 일생 전체가 망가지기도 한다. 어린 나이에 너무 빨리 결정을 내려야 하는 것은 기대 평균 수명이 겨우 서른 살이었고 맹장과 사랑니가 어떤 기능을 하는지 모르던 시절에나 통용되던 관습의 잔여물이다.

서른 살 때 아버지에게 물려받은 냇가의 방아를 개선하고, 일곱 명이나 되는 자녀를 갖고, 두 명의 손자에게 이름을 지어주고, 곡물함을 안전하게 지키는 도구를 발명하고, 세상을 하직하면 곡간에 불을 지르던 시절에는 분명 모든 일이 달랐다.

그러나 그 시절에도 학교에 가기 위해 아침에 일찍 일어나야 하는 야만적 풍습이 있었을까?

한번 거기에 대해 곰곰이 생각해 보라!

이번 장을 여기서 끝내려 한다.

왜냐하면 우리가 이곳에서 다루는 상황은 우리가 변화시킬 수 없고, 단지 한탄만 할 수 있는 것이기 때문이다.

자신의 인생을 망치지 않고 서른에 도달한다는 것이 얼마나 어려운가는 우리가 너무나 잘 알고 있지 않은가.

우리는 여기까지 왔다.

우리는 모든 곤경을 극복했다.

여러분들이 이 책을 읽으면서 곰곰이 생각해 볼 수 있는 기회가 없을 것이기에, 우리는 다음 페이지를 빈 페이지로 남겨두려 한다. 이 빈 페이지는 이렇게 험난한 길을 거쳐 오늘까지 오게 된 사랑하는 사람들을 생각하기 위한 여백이다.

어떤 독자는 다음의 빈 페이지에 자신의 머리 속에 떠오르는 사람들의 이름을 써넣을 것이다.

서른 살 생일을
축하해야 할 이유

즐거운 서른의 생일 파티를 위한 유용한 조언

서른 살 생일을 어떻게 축하해야 할까? 서른 살 생일을 축하해야 할 이유는 있는 것일까?

서른 살 생일을 축하해야 하는가라고 질문을 던지는 건 그럴 만한 이유가 있다. 서른 살 생일을 축하할 것인가 말 것인가에 관해서는 의견들이 엇갈리기 때문이다.

어떤 사람들은 자신이 부여한 이유에 의해 서른 살 생일을 축하하지만, 자신의 서른 살 생일 파티를 열지는 않는다. 그러나 어디선가 축하 파티가 열린다면 언제든 갈 준비가 되어 있기도 하다. 이런 사람들은 서른 살 파티에 제일 일찍 와서 제일 늦게까지 있다가 가는 유형들이다.

서른 살 생일 파티를 어떻게 열어야

　　　적당하다는 이야기를 듣게 될까?

이들은 또한 구석에 숨어 있는 서른 살 생일을 맞은 파티의 주인공을 곤경에 빠뜨린다. 이들은 파티장 구석에 숨어 있지 않고 이곳저곳을 헤집고 다닌다.

이런 유형의 사람들에게 신경 쓸 필요는 없다.

여기서 우리가 신경 써야 할 사람들은 우리와 함께 서른 살 파티를 품위 있게 치를 사람들이다.

도대체 30이라는 숫자가 무슨 의미를 지니길래? 라는 질문을 제기할 수도 있다.

30이라는 숫자는 책 한 권을 써야 할 정도로 마력을 지닌 신비의 숫자인가? 성인에 관한 책을 쓴다면 꼭 서른 살이 아니라 스물 여덟 살 혹은 스물 아홉 살에 관한 책을 쓸 수도 있지 않은가?

물론 우리는 그런 책을 쓸 수도 있다.

서른 살 생일의 의미에 집착하는 사람은 분명 자의적인 것에 몰두하는 것임에 틀림없다.

하지만 나에게 선불로 카나리아 군도에 여행을 보내주겠다고 하는 머리가 이미 희끗희끗한 출판 기획자와, 종이 값을 절약하기 위해 새벽 4시까지 독주 두 병을 마셔가면서 일하는 인쇄업자와 같은 사람들이 보기에 서른 살 타령은 한심한 짓으로 보일 것이다.

그렇게 막중한 책임을 지니고 있는 사람들을 우리는 이해해야 한다. 그들은 돈 들어가는 프로젝트를 시작하면 비용을 회수할 수 있는 목표 집단을 정확하게 설정한다.

그렇다면 우리는 서른 살 생일 파티를 어떻게 열어야 적당하다는 이야기를 듣게 될까?

초대

첫 번째로 결정해야 하는 문제는 사람들이 웃을지도 모르지만 서른 살 생일 파티에 사람들을 초대할 것인가? 혹은 혼자서 생일을 맞이할 것인가를 결정하는 것이다.

물론 사람들은 둘 중의 하나를 선택할 수 있다.

하지만 사람들과 함께 서른 살 파티를 하면 분명 장점이 있다.

사람을 초대하면 생맥주를 마실 수도 있고, 욕조에 샴페인을 채우고 48병의 포도주를 나눠 마시면서 새벽이 올 때까지 파티를 할 수 있다.

이런 장점이 있으니 사람들을 서른 살 생일 파티에

초대하자!

사람들을 초대하려면 적어도 2주 전에는 그들에게 알려야 한다.

왜냐하면 서른 살 또래가 되는 사람들은 전부 언제 무슨 이유로 시간이 없는지를 빼곡이 적어놓은 다이어리라는 괴상한 물건을 갖고 있기 때문이다. 사람들이 다이어리를 어떻게 활용하는지, 그 다이어리 안에는 무엇이 쓰여져 있는지는 나도 모른다. 나는 그런 다이어리를 사용하지 않기 때문이다.

그럼에도 불구하고 모든 사람들이 그런 다이어리를 사용한다는 게 중요하다.

술

초대할 사람들에게 파티가 열린다는 것을 알리고 나면 이제 나의 문제에 집중하자.

그 파티는 반드시 즐거운 축제가 되어야 한다. 즐거운 파티가 되기 위해 가장 중요한 것들 몇 개만을 지적하겠다.

물론 술 없이도 즐거운 파티를 할 수 있다고 생각하

는 사람들도 있다. 하지만 나는 술 없는 파티에는 흥미를 못 느낀다. 술 없는 파티가 도대체 어떤 모습으로 끝날지 생각해 보라. 아마 파티가 끝날 무렵 사람들은 제각기 뿔뿔이 흩어져서는 심심하고 불만에 찬 표정으로 빵쪼가리나 던지고 있을 것이다.

사람들은 파티를 하면 샐러드, 부드러운 디저트, 과일을 섞은 고급스러운 칵테일과 같은 것을 제공해야 한다고 생각한다.

하지만 내가 보기에는 우스꽝스러운 짓이다.

물론 나는 사람이 서른을 넘기면 먹는 것의 영양가를 고려해야 한다고 주장하는 사람들을 알고 있다.

이런 사람들은 특히 서른 살을 넘기면 얼굴에 세월의 흔적이 남기 때문에 술을 마시는 것을 더욱더 조심해야 한다고 생각한다.

그런 주장은 내가 보기에도 타당하다. 하지만 즐거운 파티를 위해서라면 그런 것들에 신경 쓸 필요는 전혀 없다.

다만 풋내기들을 파티에 초청할 것인가 말 것인가에 대해서는 신중하게 생각해 봐야 한다.

내가 알고 있는 스물 네 살 짜리 여자는 위스키 마시기를 너무 좋아하는 나머지 가끔 '술고래 파티'라고 부르는 모임을 주선한다. 그 모임의 목적은 그야말로 술 마시고 망가지는 것이기에 이 모임에 오는 사람들은 반드시 술에 취해야 한다.

나는 항상 이 모임 이후엔 술고래 파티를 주선한 그 여자를 슬슬 피한다. 술고래 파티 이후에도 스물 네 살 짜리 이 여자의 얼굴엔 언제 그런 파티를 했냐는 듯 아무런 흔적이 없다. 하지만 내 얼굴엔 48시간이 지나도 술고래 파티의 흔적이 남아 있다. 내가 그 여자의 젊은 피부를 시기하는 건 분명 아니다. "당신 꼴이 그게 뭐야? 갈증 나서 술 마시지 않았어요?"와 같은 마치 생전에 루치아노 파바로티의 세탁기 배수구에 살았던 것처럼 위스키를 부어대는 스물 네 살 짜리의 냉소적인 질문…….

도대체 지금 이야기하려고 하는 건 뭐지?

그래, 분명 나는 그 여자의 젊음을 부러워한다!

물론 이런 경우 나는 "한평생 안 늙을 줄 알지"라고 역습할 수도 있다. 이 문제에 관해서는 나중에 이야기하도록 하자.

우리는 다시 서른 살 파티를 어떻게 할 것인지 계획해야 하니까.

술은 되도록 많이 사는 게 좋다.

그리고 순수하면서도 도수가 높은 진과 같은 독주를 두 병 정도 준비해 놓는 게 좋다.

준비한 술을 개봉한 채로 두지 마라. 술병을 연 상태로 두면, 첫째 사람을 아쉽게 만들고 둘째로 중독증을 불러일으킬 수 있기에 위험하다.

만약 손님 중 전문적 술고래가 있어, 밤 10시가 되기 전에 광우병이 발견된 이후 가장 추잡한 장면을 연출하면 즉각 사람들을 시켜 그를 꼼짝 못하게 붙들어 매야 한다. 또한 손님 중에 저널리스트가 있으면 아주 조심해야 한다. 이런 직업에 속한 사람들 중에서는 술에 미쳐 있는 사람들이 많기 때문이다.

진은 잘 숨겨둬야 한다. 파티가 열리는 집 지하실이나, 혹은 거실과 분리되어 있고 자물쇠로 채울 수 있는 공간이 있다면 거기에 진을 숨겨놓으면 좋다.

물론 우리가 베르사이유 궁전에서 파티를 할 수 있다면 정말 좋을 것이다. 어떤 기분 좋은 4월의 오후에 나는 정말로 유쾌한 서른 살 파티를 경험했다. 그 파티 이

후 나는 '공격', '체포', '저항', '취하다', '고발' 등
을 프랑스어로 어떻게 말하는지 알게 되었다.

　내 친구 중 하나가 서른 살 파티를 하면서 다음과 같
은 규칙을 제안했다.
　샴페인, 포도주, 맥주는 넘쳐나야 한다. 커피와 물도
마찬가지이다. 일상적인 수다가 파티 장소를 채우고 여
자들은 자신의 애인을, 남자들 또한 자신의 여자친구를
감싸 안고, 애인이 없는 사람들은 별자리며 점성술 등
에 대해 재잘거린다.
　파티란 이런 것이다!
　한 시간마다 내 친구는 사람들 사이를 돌아다니면
서 — 물론 우리는 식사로 닭을 곁들인 쌀 요리를 먹었
다 — 손님들의 어깨를 두드리며 '건배!'를 외친다.
'건배!'는 그 날 파티의 주제였다.
　몇 분도 지나지 않아 파티에 참석했던 사람들은 어깨
동무를 하고 작은 붉은 조명이 켜져 있는 술이 숨겨져
있는 지하실로 향했다. 내 친구 리하르트는 문을 따고
한 병의 술과 술잔이 올려져 있는 쟁반을 찾아냈다. 그
리고 견딜 수 있는 엄선된 떼거리는 즐거운 표정으로
독주를 한 잔씩 들이켰다.

그 날은 그랬다.

이 날 밤 파티에 참석했던 성실하기로 유명한 동료도 사람들이 보는 앞에서 그 날 저녁 식사로 먹었던 인도식 쌀 요리를 전부 토해낼 정도였다. 물론 그 친구는 아직도 자기는 그 날 그런 짓을 한 적이 없다고 우기고 있기는 하지만.

먹을 것

파티를 어떻게 계획할 것인지로 다시 돌아가자. 마실 것에 대해서는 충분히 떠들었으니, 이제 무엇을 먹을지 생각해 보자.

어떤 요리를 내놓을 것인가를 계획할 때 우리가 계획하는 파티에 초대되는 사람들은 대부분 성인들이라는 걸 잊지 말자.

파티에 오는 손님들이 자기 다리로 서서 파티에서 춤을 출 수 있다는 건, 그들이 파티가 없는 일상생활에서 건강을 유지할 수 있는 음식들을 충분히 섭취했다는 걸 증명한다.

따라서 서른 살 생일 파티를 위해서 야채 라자냐, 생선회로 만든 전채요리, 과일 가게 주인도 이름이 뭔지 모르는 이국풍의 과일 등을 내놓을 필요는 없다. 그런 것들은 파티에 오는 우리들의 친구들이 마음만 먹으면 언제든지 각자 집에서 먹을 수 있는 것이기 때문이다.

파티에는 격식 차려서 먹을 필요 없는 음식들이 있으면 된다. 비프 스테이크, 국수로 만든 샐러드, 감자 샐러드, 흰 소시지, 겨자와 빵이면 충분하다. 이런 파티 상차림은 수 백 년을 거치면서 검증된 것이다.

왜 서른 살 파티라고 오랫동안 검증된 이 상차림을 요란한 것으로 갑자기 바꾸려 하는가?

앞서 나가는 것에 대해 조금의 존경도 표시하지 않는 사람들을 위해 좋은 치즈를 마련해 두는 것 정도까지만 준비하자.

그 이상은 필요 없다.

음악

지금까지의 것 이외에 또 무엇이 파티를 위해 필요한가?

당연히 음악이다.

만약 내가 여러분에게 서른 살 생일 파티에 어떤 음악을 틀어야 하는지 조언할 것이라고 생각한다면 여러분은 책을 잘못 선택했다.

분명히 내가 강조했지만 우리는 성인의 삶으로 접어드는 성인들과 함께 파티를 하는 것이다. 그러니 이 노래가 요즘 뜨고 있고, 저 노래는 한 물 갔다와 같은 이야기는 집어치우자.

초대된 손님들과 미리 약속을 하자. 물론 그건 우리가 파티를 하면서 사전에 합의를 보아야 할 유일한 사항이다.

CD 수납장을 공개한다. 그리고 각자 듣고 싶은 음악을 꺼내어 틀면 된다.

서른 살 이후 갖게 되는 권리와 의무

서른 이후 무엇이 변하는가? 왜 변하는가?

서른 살 이후 나는 어떤 권리와 의무를 갖고 있는가?
서른 살 이후 우리가 갖게 되는 권리부터 시작해 보자.

너나 할 것 없이 모두들 하기 싫어 미뤄둔 일을 갖고
있다. 우리는 미뤄둔 일에 저급 고기 판매소 앞에 놓인
'공짜니 가져가세요'란 팻말을 달고 있는 손수레처럼
언제든 마음만 먹으면 손 댈 수 있다고 생각한다. 심지
어 부모조차 우리를 비사회적인 속 빈 강정으로 여긴다
는 것을 얼굴에 드러 낼 때도 말이다.

사람들이 이케아 (Ikea : 중저가 조립식 가구) 소파에 앉

서른이 돼서까지 자기가
동성애자인지, 이성애자인지 하는
성정체성을 감출 필요는 없다.

아 이웃에 대한 의미 없는 잡담 — 우리는 벌써 이웃을
열 번이나 도마 위에 올려놓았다 — 을 늘어놓고, 일요
일엔 12시에 아침 겸 점심을 먹고, 모자를 눌러쓰고 소형
오펠 자동차에 태워져 부모들과 가까운 늪이나 중앙 산
악지대로 놀러가고, 늘 새로운 TV 가이드나 오래된 리더
스 다이제스트를 읽으면서 보냈던 슬픈 청소년 시절을

보내고 나면 스스로 놀라면서 묻게 된다.

도대체 나는 어떻게 그런 돼지 우릿간에서 탈출할 수 있었던 거지?

어떻게 그런 곳에서 한숨도 쉬지 않고 밤마다 가슴을 치지 않고서도 살았던 거지?

이제 모든 이야기를 큰 소리로 해도 된다.

왜냐하면 지금 당장 하고 싶은 말을 큰 소리로 하지 않으면 도대체 또 언제까지 기다려야 한단 말인가?

독립을 하고 난 뒤에 멋진 선물을 들고 부모님을 예고 없이 방문하여 부모님들이 개구쟁이를 기르기 위해 지금까지 들인 수고와 노력이 헛되지 않았다고 한껏 당신을 칭찬하게 만들 수도 있다. 부모님들은 감동하여 모든 노력이 가치 있다는 느낌을 받으면서 가슴을 쭉 내밀고 산책을 하고, 기분 좋은 나머지 그날 밤을 술집에서 술을 마시며 끝낼지도 모른다.

마음만 먹는다면 사람은 이런 일을 할 수 있다.

이것은 인생에 있어서 추억이 서린 이전의 이야기가 종종 얼마나 중요한 역할을 하는지를 보여준다.

우리들에게 앞으로 또 어떤 일들이 일어나게 될까?

그것은 아주 중요하다.

서른 살이 넘은 사람은 개인적인 목적이든 업무차든 독일 내에서 기차여행을 할 때 다음과 같은 특성을 지닌 사람들을 미덥게 생각하지 않는다.

예를 들자면 유행 스타일이기는 하지만 어색한 머리 모양을 하고 배가 나온 체형임에도 불구하고 청바지를 입고 있다던가, 싸구려 옷을 입고 큰 소리로 핸드폰 통화를 하는 사람, 할인이 되는 단체 여행표 이용자, 파리로 가는 기차에서 샴페인에 반쯤 취해 쉴새없이 치즈로 만든 과자를 먹으면서 이 과자는 탄수화물이 적기 때문에 살찔 염려가 없다고 주장하는 사람, 파리로 가는 기차가 독일과 프랑스 사이인 자부뤽켄을 지날 때쯤 같은 칸에서 기차여행 때문에 잠을 제대로 자지 못한 동승인들에게 세련되지 않은 음담패설을 늘어놓는 사람들이 그들이다.

이런 사람들의 자존심을 건드리지 않으면서 점잖게 이들을 제어할 수 있는 방법은 없을까?

일등칸으로 옮겨 타면 된다.

일등칸으로 옮기되 무임승차를 하고 차장에게 걸려서 부끄러움, 증오와 실망으로 범벅된 감정으로 벌금을

내던 서른 살 이전과는 달리 당당히 차액만 지불하면
된다.

　그러나 만약 일등칸에 타고 있는 사람들이 차장에게
맥주, 케이크, 구운 소시지들을 거만하게 좌석으로 배
달시키게 하여 식사를 한 후 말보로 한 대를 피우면서
아침부터 자신의 사회적 지위를 은근히 자랑하고, 하이
델베르크를 통과하는 기차에 여학생들이 많이 탄다는
걸 생각해 고급 부띠끄에서 산 미색 트렌치 코트의 단
추를 조이고, 제대로 조였는지를 점검하기 위해 화장실
거울에 자신을 비추어 보러 가는 제약회사 대표, 보험
회사 사람, 이사회에 참여하는 부류들뿐이라면 홍분하
지 말고 다시 이등칸으로 옮겨라.
　하지만 이런 사람들이 꼴보기 싫어 다시 이등칸으
로 돌아왔는데, 기차가 만원이라 짜증난다면 한번 깊
게 생각해 볼 가치가 있는 다음과 같은 주제를 생각해
보라.

서른 이후의 성 행동

30대는 생물학적 경계선이 아니라 정치적인 경계선이다.

우리는 지지하는 정치노선을 쉽게 바꿀 수 있다.

만약 우리의 성충동이 30대 이후 '대략' 90% 이상 감소하기를 신이 원한다면 — 다른 의견이 있는 90대가 있다는 걸 잘 알기에 나는 '대략'이라는 표현을 사용했다 — 우리 성인들은 신의 계획에 따라 나타나는 성생활에 부수되는 다음과 같은 현상들을 한번 고려해봐야 한다.

거절에 대한 두려움

이 두려움은 오후에 방영되는 〈용감하게 털어놓는다!〉와 같은 텔레비전 프로그램이 만들어 놓은 발명품에 불과하다. 이런 프로그램은 시청자들이 화면을 보면서 자위나 하게 만든다.

헤어지는 두려움

이 또한 결혼상담소의 발명품이다.

결혼상담소에 상담을 하러 온 사람들 대부분은 자신의 배우자가 싸구려 승용차나 몰고 다님에도 불구하고 그에게 병적으로 집착하는 이유가 자신은 자동차의 기어를 3단까지만 알고 있지만, 남편은 자동차의 기어가 4단에서 10단까지 있는 것처럼 능숙하기 다루기 때문이라고 믿으면서 집으로 돌아가기를 바란다.

"그건 아주 단순히 헤어짐을 두려워하기 때문이랍니다"라는 말처럼 상담고객에게 위안을 주는 친절한 말은 없기 때문이다.

왜 성에 관한 이야기를 하면서 '공포'라는 단어로부터 시작하는지 의아해 하는 사람들이 많을 것이다.

성을 공포와 연결시켜 생각하는 것은 청소년 잡지 『브라보』에서 상담을 진행하는 좀머 박사의 영향 때문인가?

좀머 박사는 "박사님 전 14살이랍니다. 그런데 아직까지 성경험이 없어요. 언제까지 제가 성경험이 없으면 늦었다고 할 수 있는 건가요?"와 같은 14살 짜리의 두려움에 찬 질문에 감정이입을 하듯 이렇게 대답하곤 한다.

"25살이 되도록 성경험이 없는 사람이 만약 당신의

질문이 실린 잡지를 전철에서 우연히 읽게 된다면, 그는 다음 전철역에서 내려 달리는 전동차에 몸을 던져 자살을 할 것입니다."

나는 오히려 대부분의 독자들이 경험했을 법한 사실로부터 출발하고 싶다.

첫 경험을 하고 난 이후 난 이제 담배를 자유롭게 피울 수 있는 나이가 아닌데, 첫 경험을 했으니 초콜릿에 들어 있는 어린이용 조립식 장난감을 조립할 수 없구나 라고 한탄하면서 다시는 섹스를 하지 않겠다고 결심하는 사람은 극소수일 것이다. 대다수의 사람들은 여전히 호기심에 가득 찬 채로 두 번째, 세 번째 성경험을 하게 되고, 그 이후 "또 하고 싶다"고 결심한다.

이것은 정당할 뿐만 아니라 아름답고 건강한 느낌이다.

서른이 넘은 사람들은 더 이상 이 주제에 대해서 십대들처럼 고민하지 않는다. 서른이 넘은 독자들에게 이 주제에 대해 장황하게 떠드는 것을 즉각 그만두어야 한다는 느낌이 나를 엄습한다.

시시한 문제에 대해서 더 이상 말하지 않겠다. 하지만, 흥미로운 주제를 다루는 다음 장으로 넘어가기 전에 그래도 여러분에게 내가 지중해의 한 섬에서 구경했던 아주 특이한 한 쌍의 남녀 이야기를 전하기는 해야할 것 같다.

나는 말료카에 있는 한 아파트식 호텔의 테라스에 있었다.

그곳 테라스에서 아주 못 생기고 멍청해 보이고 부자로 추정되면서 동시에 동성애자로 보이는 한 남자가 아주 젊고 예쁜 여자와 테이블에 앉아 있는 걸 보았다.

그녀는 정말 아름다웠다. 마치 한 마리 새가 날개가 부러져서 하늘에서 떨어진 것처럼. 그녀는 칵테일이 들어 있는 잔을 마치 헨켈 꼬냑이 들어있는 것처럼 들고 있었다. 그녀는 정말 아름다웠다.

그 둘은 테이블에 마치 연인인 것처럼 앉아 있었다.

그들은 아주 능숙하게 연인인 것처럼 행세를 했지만, 그 남자는 멍청하게도 연인 행세를 하는 중간 중간에 웨이터를 구경하기 위해 뒤를 힐끗힐끗 보았다.

나는 그들이 앉아 있는 테이블에서 그리 멀지 않은 곳에 있었다. 원래 나는 저녁노을을 보려고 그곳에 갔으나 그 광경을 이해하기 위해 골똘히 생각했다. 왜 이두 사람은 여기에 앉아서 방금 사랑에 빠진 듯한 행세를 장님도 알아볼 수 있을 정도로 가식적으로 하고 있을까?

그 남자는 땅콩이 담긴 그릇을 자신에게 끌어당기고는 땅콩을 먹었으나 그 남자의 입으로 들어가는 땅콩보다 바닥에 흘리는 게 더 많았다. 그 남자는 테니스 선수 보리스 베커처럼 입을 크게 벌리고 다시 땅콩을 입에 털어 넣었으나, 3분의 2는 입이 아니라 그 남자의 뒤에 있는 분수로 떨어졌다.

그 테이블 주위에서는 웃고는 싶지만 웃을 수 없어서 킥킥대는 소리가 들렸다.

하느님 맙소사! 신이시여! 당신이 만든 이곳은 정말로 크고도 놀라운 일들이 많이 발생하는군요!

갑자기 나에게 번뜩 떠오르는 생각이 있었다.

내가 보고 있는 광경은 놀라운 연기를 보고 있다는 생각을 들게 한 것이다. 내가 추정한 것은 이렇다. 질리도록 돈이 많은 영국의 귀족 혹은 미국의 석유재벌 아들이 미모의 여성을 고용하고 일부러 이곳으로 휴양을 온 것이다. 스캔들을 좋아하는 황색신문은 분명 '월코크 경의 아들이 동성애에서 벗어나다!'라는 제목으로 기사를 써댈 것이다.

아! 여기가 아파트식 호텔이라는 게 중요하다. 아파트식 호텔은 밖에서는 한 개의 방으로 보이지만, 내부에는 여러 개의 방이 있다. 그렇다면……월코크 경의 아들은 공식적으론 이 미모의 여성과 호텔방을 같이 쓰는 것처럼 빌렸다. 그 남자는 여자와 같은 아파트식 호텔에 묵었지만, 아마 그 여자와 밤을 보내지 않고, 다른 방에 들어가 잡지를 뒤적이며 밤을 보냈을 것이다. 이제 그 두 사람은 여기 테라스에 앉아 전채요리를 다 먹을 때까지 서로 아무런 대화를 나누지 않으면서 황색신문에 의해 사진이 찍히기를 기다리고 있는 것이다. 그들은 자신들의 사진과 함께 다음과 같은 기사가 실리기를 기다린다.

'월코크 경의 아들이 정체불명의 미모의 여성과 함께 지중해의 휴양지에 나타났다.'

악마가 되지 않고서는 더 이상 이야기할 수 없는 것들이 있다. 바로 이 이야기가 그런 경우이다.

서른이 돼서까지 자기가 동성애자인지, 이성애자인지 하는 성정체성을 감출 필요는 없다. 앞의 멍청한 부자처럼.

서른 이후에
생기는 노쇠현상

서른 이후의 노쇠현상은 근거가 없다.
아니, 정확히 말하자면 오히려 그 반대이다.

서른 이후의 노쇠현상은 과연 젊은애들이 화제로 올리는 것처럼 현격한 단절을 가져올까?

현명한 독자들은 이미 눈치를 챘겠지만 사람들이 수다 대상으로 삼는 30대 이후의 노쇠현상은 근거가 없다.

아니, 정확히 말하자면 오히려 그 반대이다.

내게는 나보다 나이가 많은 친구가 있다. 그 친구는 늘 기회가 있을 때마다 자신은 수줍음을 많이 타고 소심하다고 주장해 왔었다. 그 친구가 마흔 살 생일을 맞았을 때 그는 늘 숨겨왔던 소망을 털어놓았다. 그는 사

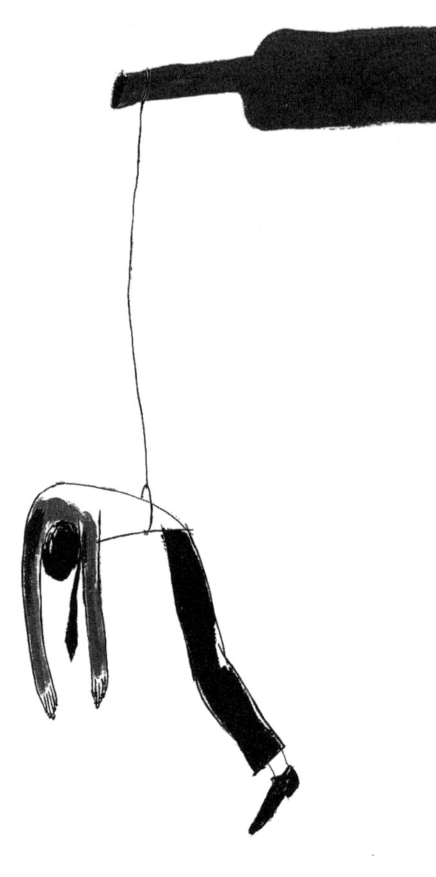

노쇠현상 운운하는 것 자체가 허접이다.
물이 대부분의 구성물을 차지하는 모든 유기체는 생명의 매 단계마다 새롭다.
삶이란 곧 죽음이다.

람 크기이며 가슴 정도의 높이에 접시 크기의 구멍 두 개가 뚫린 직접 제작한 상자를 갖고 전 유럽의 보행자 전용구역을 샅샅이 돌아다니는 꿈을 간직하고 있었다.

그 상자의 용도는 이런 것이다. 상자 안에 그 친구가 들어가 있는다. 이 상자를 보행자 전용구역에 세워두면 지나가는 여자들 중 흥미가 있는 사람들이 상자의 접시 크기의 구멍에 자신의 젖가슴을 대본다. 물론 그 친구는 그 안에서 여자들의 젖가슴을 만져본다. 그 이후 여자들은 그 친구로부터 젖가슴에 대한 평가를 구두로 든는다. 그 대가로 여자들이 친구에게 5마르크를 지불하면, 벌써 상자 안에서는 이런 소리가 새어 나온다. "다음 분!"

이런 생각을 음탕하다 할 수도 있다. 하지만 분명한 사실은 이런 생각은 흔히들 말하는 서른 이후의 노쇠현상과는 전혀 관계없다는 것이다.

서른이 넘으면서 자연스럽게 사라지는 일들이 있다.

우리는 레모네이드 한 병을 마시고도 어린아이처럼 소변을 보러 달려갈 필요가 없다.

우리는 담배를 몰래 피우기 위해 화장실로 기어 들어가지 않아도 된다.

우리는 더 이상 아침 식사 시간에 수프 위에 빵을 떨어뜨리곤 꾸중들을 게 걱정되어 옷장 속에 숨을 필요도 없다.

우리는 텔레비전에서 우편배달부가 타는 자전거가 어린 노루와 부딪혀 노루가 다치는 장면을 보더라고 울음을 터뜨리지 않아도 된다.

서른 살 이후엔 차라리 사라지는 게 더 좋은 일들이 사라지는 걸 경험한다.

당신은 아직도 스무 살 짜리처럼 자동차를 몰고 싶어 하나? 당신은 여전히 검은색 골프 자동차를 좌우를 제대로 살펴보지도 않은 채 주차장에서부터 길거리로 시속 66킬로미터로 달려나오고 싶어 하나? 당신은 아직도 보행자 우선 도로에서 액셀레이터를 밟고 싶어 하고, 출발한 지 200미터도 지나지 않아서 자동차를 세 번이나 전복시키고 싶어 하나?

당신이 아무리 급하더라도 그런 일은 용납될 수 없다.

젊은이들의 심장에서는 피가 나이든 사람보다 더 빨리 돈다고 하더라도 그건 이유가 안 된다. 아마 서른이 넘은 사람들은 그런 일을 바라지 않을 것이다.

젊은 사람들은 모든 일을 '의무사항'이라 생각하고

의무사항을 지겨워 한다. 우리가 보기에 젊은 사람들이 가련해 보이는 건 바로 그 때문이다.

다시 노쇠현상으로 돌아가 보자.

노쇠현상 운운하는 것 자체가 허접이다. 물이 대부분의 구성물을 차지하는 모든 유기체는 매일매일, 혹은 생명의 매 단계마다 새롭다.

삶이란 곧 죽음이다.

몇 년 전 나는 나의 동료를 위해 시를 썼었다. 그 친구는 피할 수 없는 노화현상을 쓸데없이 과장되게 걱정하곤 했다.

나는 한 유명한 잡지에 '음주박사'라는 필명으로 음주와 기분 좋음의 상관관계에 관한 자기 테스트를 시도했었다. 이 주제에 대해서는 이미 우리가 한번 서른 살 파티를 언급하면서 이야기했었기에, "제기랄! 또 그 이야기!"라고 생각하는 독자들도 있을 것이다.

나에게 한번 더 기회를 주시길 바란다. 여러분에게 그 잡지에 실었던 내용을 짤막하게 소개하고 싶다. 이 이야기가 이번 장의 마지막 부분이다.

이 이야기를 읽고 싶지 않은 분에게 이 장은 그 이야

기의 요약으로 끝이 난다는 것을 미리 알리고 싶다.

읽지 않고 싶으신 분들에게……"안녕히 가세요!"

서른에서 마흔 살 정도의 성인은 어느 정도의 술을 마시면 적당할까요? 다음 날 힘들지 않으려면 어느 정도의 술을 마시면 좋을까요?

포도주 한 병? 0.3리터 짜리 맥주 여섯 병? 혹은 포도주 한 병과 맥주 여섯 병을 동시에? 세 잔의 맥주와 자기 전에 아스피린 한 알?

추측할 일은 아닙니다.

이건 어디까지나 술을 어떻게 섞어 마시는가와 습관에 달린 문제입니다.

그래서 '음주박사'는 여러분들을 위해서 테스트를 해 봤습니다. 다음은 그 테스트를 통한 중요한 결과들입니다. 이 테스트는 쉬는 날 없이 평균적인 저녁 식사 이전, 식사 동안, 그 이후에 음주를 한 결과입니다.

| 실험 결과 1

반병의 부르고뉴산 포도주와 한 병의 이태리 산 그라파 포도주 그리고 에스프레소 한 잔. 그 이후에 잠에 들었다. 다음 날 일어났을 때 예외적으로 상쾌했고 긴장이

해소된 느낌이었다. 아침을 잘 먹고 9시 30분부터 일을 왕성하게 할 수 있었다. 상쾌한 기분은 밤 9시까지 지속되었음.

이태리 산 그라파 포도주를 두 병, 0.3리터 짜리 하이네켄 맥주를 두 병 마시다. 다음 날 평상시보다 약간 늦게 일어나다. 일어난 지 몇 분 되지 않아 몸 상태를 정확하게 평가한 후 아스피린 한 알을 복용하고 다시 침대로 가다. 11시 30분 경 완전히 깨어나다. 늦잠을 제외하면 아주 일상적인 하루 일과를 보내다. 몸이 아주 편안함을 느끼기 위해서는 밤 9시까지 기다려야 할 것 같다.

파스티스 세 병, 이태리산 그라파 포도주 두 병, 여섯 병의 하이네켄 맥주, 세 병의 파스티스와 그라파 한 병을 마신 후에 잠시 망설였지만, 놀라운 음주를 하게 되다. 지금까지 나의 음주기록을 깨고 새벽 2시경 축 늘어진 상태로 잠자리에 들다. 이른 오후에 뻐근하고 유쾌하지 않은 상태로 잠에서 깨다. 아스피린 두 알을 생수에

녹여 마시다. 왼쪽 무릎에 통증. 알코올 섭취의 후유증
으로 관절까지 아프다. 입맛도 없고, 갈증만 심하다. 저
녁 무렵 기분이 가장 처졌으나 밤 9시경 다시 상승되기
시작하다.

네 번째 실험을 했어야 했지만 힘이 들어 '음주박사'
의 실험은 여기서 끝난다.

5

30대가 갖는
절대적인 금기

"금기는 금기다!"

이 장에서 특정 연령에 도달했을 때 어떤 옷, CD, 벽장식용 접시, 넥타이 핀, 오토바이, 산악자전거 혹은 생수들을 사면 안 되는지에 관한 상세한 이야기가 등장하기를 기대하지 말라. 이런 우스꽝스러운 정보 제공은 우리가 이 책의 처음부터 비웃었던 청소년들을 위한답시고 글을 쓰는 저자들에게 넘겨 주자.

차라리 우리는 이런 질문을 하자.

우리가 두 번째 인생의 황금기를 향해 항해를 시작할 때 물 속으로 내던져야 하는 악습들은 무엇인가?

서른이 넘은 사람들에게 눈 감고 상품이 들어있는 냄

우리가 두 번째 인생의 황금기를 향해 항해를 시작할 때
물 속으로 내던져야 하는 악습들은 무엇인가?

비를 찾아내는 놀이를 할 때 속임수를 쓰는 것은 적당
하지 않다.

또한 우리가 더 이상 부모에게 용돈을 타지도 않고,
식사할 때 수프가 뜨겁다고 하루 종일 입으로 후후 불
고 있지 않다는 것도 분명하다.

우리는 더 이상 수영장의 유아용 풀에서 몰래 오줌을
싸지도 않고, 만약 우리가 남자라면 맘에 드는 여자를
영화 보러 가자고 꼬셔서 90분 동안 어깨에 들어있는
뽕을 가슴이라 착각하고 어루만지다가, 아이스크림을
팔기 위해 잠시 극장에 불이 켜져 있을 때 가슴의 위치
를 제대로 확인하자마자 뺨을 맞는 일도 없다.

우리는 더 이상 소리를 지르며 버스를 타지도 않고,
파출소와 소방서에 장난 전화도 걸지 않는다.

움~ 이 장은 심각하게 시작했지만 아주 짧다. 나는
그 이유를 잘 알고 있다.

상식적으로 생각해 보면 성인에게 금기는 없다. 따라
서 우리는 "금기가 금기다!"라고 모두가 동의할 수 있
을 것이다.

이것으로 충분하다.

서른이 넘은 사람이 직업적으로 도달해야 하는 것

서른이 넘었을 때 자신의 직업에서
어느 수준쯤에 도달해야 하는가?

서른이 넘었을 때 자신의 직업에서 어느 수준쯤에 도달해야 하는가는 직업에 따라 다르다.

나이 서른의 영화제작자를 직업경험이 짧다는 이유로 비난할 수 없다. 또한 일흔 살 먹은 영화제작자가 젊은 시나리오 작가의 주머니를 털어 축적한 재산이 스톡홀름 전체를 겨울 내내 난방을 할 수 있을 정도라고 해서 그를 비난할 수 없다. 하지만 영화제작자는 도대체 어떻게 될 수 있담?

다시 질문으로 돌아가 보자.

만약 우리가 이미 서른이 넘었는데 맥도날드의 맥드

직업적 성공은 연령의 문제가 아니라
인내와 약간의 우연이 결합한 결과다.

라이브에서 일하고 있고, 도대체 변화할 전망이 보이지 않다면 자기 자신을 한번 되돌아 봐야 한다.

그리고 자신에게 이런 질문을 던져 보라.

부모와 선생들은 무엇을 망쳐놓았는가? 이들이 어린 양에게 무엇을 교육적으로 쏘아댔는가? 버거킹의 양파링이 훨씬 더 맛있는데, 맥도날드에서 일하고 있다니!

무엇인가 잘못된 거다!

직업적 성공은 연령의 문제가 아니라 인내와 약간의 우연이 결합한 결과다. 인내와 우연의 결합으로 성공이 생겨난다는 걸 우리는 인간관계의 자연법칙인 양 인정한다.

직업에서도 마찬가지이다.

모든 사람들이 성공을 원한다.

하지만 사람은 일생 동안 성공하지 못한 채로 살아갈 수도 있다.

능력은 있지만 게으른 자유기고가인 내 친구 악셀 엠은 1992년 내 앞에서 아주 중요한 맹세를 했다. 그는 아침 식사를 하면서 은행에서 보낸 편지를 읽고 있었다. 그 편지의 내용은 은행이 그에게 8,000 마르크까지

가능한 마이너스 통장을 제공하겠다는 것이었다. 그는 처음에 이마를 찌푸렸지만, 편지의 내용이 무엇을 의미하는지를 파악하자 편지와 안경을 옆으로 치우고 아침 식사를 중단하고는, 담배 한 대를 물고 중얼거렸다.

"마이너스 통장은 나를 해칠거야. 내가 이번 주에 8,000 마르크를 대출하면, 내가 살아 있는 동안 통장에서 플러스 기호를 더 이상 보지 못하게 될 거야."

그는 손을 들고 맹세를 하고 그의 부인에게 키스를 했다. 그의 부인도 그의 맹세에 키스로 응답했다. 아마 그 친구는 지금까지는 그 맹세를 지키고 있을 것이다. 왜냐하면 그 친구는 지금도 나에게 가끔 자신이 거래하는 은행의 구좌관리 담당인 오테 부인에게 편지를 써달라고 부탁하기 때문이다…….

빌어먹을! 왜 내가 직업적인 문필가가 편지 쓰는 걸 도와야 한단 말인가?

7

사람들이 절대로 도달해서는 안 되는 것들

무엇인지는 나도 잘 모른다.
그러나 내가 처음으로 진짜 꼴값하는
사람을 만났던 날을 이야기하도록 하겠다.

사람들이 도달해서는 안 되는 것들이 무엇인지는 나
도 잘 모른다.

하지만 적어도 사람들은 공항에 도착하자마자 대기
실 의자에 앉아 주머니에서 핸드폰을 꺼내 "여보세요
……다음 비행기를 기다리고 있습니다"라고 전하도
록 강요하는 직업은 피해야 한다. 그런 직업은 마약을
하지 않고는 견딜 수 없다. 이런 직업을 가진 사람들은
공항에서 핸드폰을 꺼내서는 누군가에게 자기가 다음
비행기로 갈아타기 위해 기다리고 있는 중이라는 걸 알
린다.

이런 멍청한 사람들에게 도대체 누가 관심을 가져줄

우리가 심사숙고해야 하는 것은

우리가 어떤 일에서

손을 떼야 하는가이다.

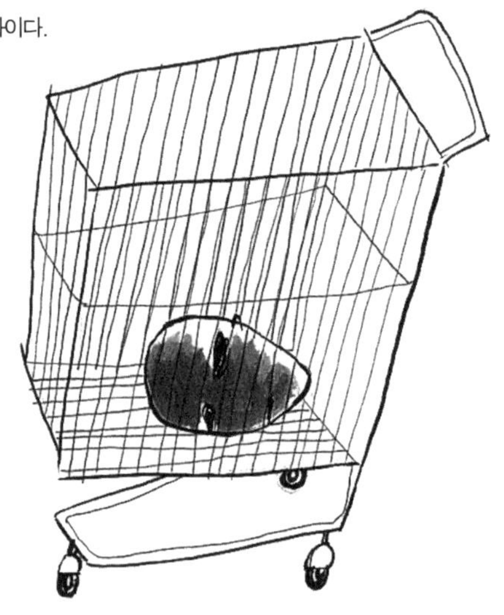

까? 도대체 누가 이런 멍청이들에게 전화를 하는 걸까? 아마도 똑같은 바보들이? 도대체 이런 멍청이들의 직업은 뭘까? 아마도 그들은 멍청한 수다를 떨고 돈을 받을 것이다. 이런 직업에 있는 사람들을 우리는 '돌로 된 인간'이라 명명해야 한다.

이 문제에서 벗어나자.

우리가 심사숙고해야 하는 것은 우리가 어떤 일에서 손을 떼야 하는가이다.

한번 이렇게 표현해보자.

직업 선택은 자유다.

만약 어떤 사람이 적어도 성인이라면 굽 없는 검은 구두에 흰 양말, 잴 수 없을 정도로 넓은 바지, 베이지색 트렌치 코트, 잘 다듬은 콧수염과 트렌치 코트 단추가 잘 여며지지 않을 정도로 나온 기름진 배를 갖추는 게 노력할 만한 가치가 있는 목표라고 생각한다면 그렇게 해야 한다.

만약 이런 것들을 정말로 가치 있는 것이라 여기고, 이런 복장을 한 채로 셋집을 찾으러 온 사람을 구석에 있는 지나치게 치장된 어두운 방으로 끌고 가 "여기가 제 보물 창고랍니다. 한번 구경해보세요" 라고 중얼댄다면 그는 분명히 젊은 부동산 중개업자이다.

물론 우리가 그런 행동을 금지할 수는 없다.

하지만 그런 사람은 저자가 계란을 깨서 자신의 주둥아리에 처넣는다고 해서 놀라서는 안 된다.

친애하는 독자, 출판사 관계자, 어린이 여러분 내가 너무 지나쳤군요. 진심으로 사과 드립니다. 하지만 젊은 부동산 중개업자에게 사과하는 건 아닙니다.

여자들의 경우는 어떠한가?

여자들은 루프트한자 항공의 여승무원이 되겠다는 삶의 목표를 버려야 한다. 여자들이여! 루프트한자의 여승무원이 되는 건 한 마디로 망하는 길이다. 루프트한자는 당신들을 완전히 바꾸어 놓는다. 도대체 어떤 지하 방공호와 캘리포니아의 비행기 격납고에서 그런 짓을 하는지 모르는 일을 여승무원들은 한다. 이것 말고는 그들을 표현할 다른 방법이 없다. 만약 여승무원들이 처음에 입사원서를 냈을 때부터 현재와 같았다면 그건 설명할 수 없는 우연이다. 그렇게 거만하고, 이유 없이 그렇게 오만하면서도 금발머리처럼 어리석을 수가!

한 마디로 하면 '꼴깝'이다. 그렇다. 루프트한자는 당신들을 꼴깝하는 사람으로 만든다.

북독일의 독자들은 내가 꼴깝이라는 단어로 무엇을 표현하려는지 잘 알 것이다. 남독일의 독자들에게 꼴깝의 뜻을 간략하게 설명하고자 한다.

내가 처음으로 진짜 꼴깝하는 사람을 만났던 날을 이야기하도록 하겠다.

내가 진짜 꼴깝하는 사람을 만났던 곳은 노동자, 펑크족, 연금 생활자들이 모여 사는 엘베 강 근처의 함부르크-바렌펠트(Hambrug-Bahernfeld) 라는 곳이다. 그날은 휴일이었고, 나는 노천카페에 있었다. 그곳에서 사람들과 사람들이 서로 어울려 포도주와 맥주를 마시고 있었다. 갑자기 내 앞에 군대용 지프가 서더니 사람들이 내렸다. 한 명의 남자와 세 명의 여자였다. 그 여자들은 한결같이 금발이었고, 옷차림은 천박했다. 그 여자들의 얼굴은 그 남자의 비싸 보이는 셔츠에서 고개를 쑥 내밀고 있는 덴버와 흡사했다. 그 4인조는 내 옆의 테이블에 앉았다. 웨이터가 왔다. 그 여자들은 이빨을 드러내면서 "음음"을 연발하면서 주문을 하기 시작했다.

"음……마티니 주세요."

"음……저두요."

"하지만 젓지 말고 흔들어주세요."

웨이터는 이 주문의 정확한 뜻을 묻기 위해 카페 안에 있는 동료에게 물었다.

"드라이라는 말이세요?"

웨이터는 마티니를 드라이(dry)하게 해달라는 뜻이냐고 물었지만, 이 여자는 드라이를 셋(drei)이라는 뜻으로 이해했다.

"나하고 얘요. 그러니까 둘이라구요!"

한 여자가 콧소리를 내며 말했다.

"근데 크러쉬드 아이스로 주세요."

웨이터는 잠시 생각하더니 다시 물었다.

"그게 뭔가요?"

"잘게 쪼갠 얼음 말이에요, 세상에나 그것도 모르다니."

그 둘 중 한 여자가 끼어 들었다.

"저희는 잘게 부순 얼음이 없는데요……." 웨이터가 말했다.

"없으면 망치나 아무거나 들고 얼음을 깨면 될 거 아녜요!"

다른 여자에게서 즉각 튀어나온 말이다.

웨이터는 더 이상 할 말이 없었다. 그는 사라졌다. 그 이후 그날 밤 그를 본 사람은 아무도 없다.

독자 여러분, 이 꼴깝하는 인간들은 집에서 한번도 마티니를 만들어 본 적이 없을 정도로 멍청하다. 하지만 그들은 그 웨이터를 기다릴 정도로 멍청했다. 외국어 단어 두세 개, 자동차 운전, 자기 아버지의 돈, 이게 이 4인조를 유일하게 다져진 고기 덩어리와 유일하게 구별시켜 주는 것이다. 그럼에도 불구하고 그들은 엘베강 근처에 살고 있다.

우리는 또 주제에서 벗어났다. 꼴깝한다는 게 무슨 뜻인지를 설명하려고 했을 뿐인데 말이다.

독자 여러분도 이제는 나에게 꼴깝한다는 게 무언지 설명할 수 있게 되었을 것이다.

예를 들자면 내 아내가 마지막으로 이른바 '시골밥상'을 준비할 때 어떤 생각을 했던 것일까? 아내는 감자를 껍질도 까지 않은 채 프라이팬에 넣고선 몇 분을 가열하더니만 계란을 넣어 엉기게 하곤 식탁으로 가져왔다. 아내는 진짜로 그렇게 했다. 그러면서 하는 말이 감자를 삶기 위해서 몇 시간 동안 냄비를 가열했기 때문에 아주 깨끗하다는 거다. 나는 할 말이 없어서 아내에게 감사를 표시하기 위해 아주 좋은 식당으로 저녁 초대를 했다. 그랬더니 아내는 식사를 하면서 감사의 표시로 계속 투덜댔다.

이래서 우리는 다음으로 생각해야 할 주제에 도달한 셈이다.

사생활에서는 무엇을 이루어야 하는가?

신사 숙녀 여러분 어떤 추측을 하셨습니까?

혹 우리가 여기서 사생활을 잊어버리라고 입 아프게 설득할 거라고 생각하셨나요? 사생활이라는 주제를 다루되 허리띠 밑의 이야기를 무시할까요? 아니면 허리띠 밑의 이야기로부터 시작할까요? 허리띠 밑의 성생활에 대해 한 권의 책을 쓸까요?

풍속집행관 앞에서 대답해야 하는 것은 잊어버리자.

쓸데없는 소리는 끝내도록 하자.

우리는 사생활이라는 아주 중요한 주제를 다루고 있으니까.

서른이 넘으면 사생활에 대한 태도는 분명해야 한다. 하지만 어떤 태도?

부인이나 남편이 있다는 건 아주 자연스럽다. 부부는 서로 고통을 주기도 하고 서로 사랑하기도 하지만 그 이상 특별한 일들은 부부 사이에서 일어나지 않는다. 부부 사이에서 생기는 일의 종류는 다양하고 따라서 해결책과 가능성도 다양하다. 그러니 개별 사건을 생각하느라고 골머리를 썩이지 말고 아주 일반적인 경우를 생각해보자.

배우자가 없는 사람도 많다는 건 아주 일반적으로 잘 알려진 사실이다. 그런 사람들을 위해서 고무적인 이야기를 하겠다. 만약 당신이 그런 사람 중의 한 명이라면 당신은 이미 당신의 이상형을 발견한 셈이다.

서른이 되어서도 독신이라면 그대로 그 상태를 유지하는 것이 좋다는 말이다.

난 여기서 이러니저러니 항의를 듣고 싶지는 않다.

꿈의 이상형은 겨우 이런 거다. 나는 방금 전에 하던 일을 중단하고 장을 보러가야 했다. 왜냐하면 내 아내가 침대에 누워서 오늘 저녁에 마카로니 그라탕이 먹고 싶다고 했기 때문이다.

만약 당신이 오늘도 걱정을 하면서 어떤 사람을 찾고

있는 사람에 속한다면 이렇게 말하고 싶다. 언젠가는 발견할 거라고!

그건 아주 분명하다.

제발 이 대목에서도 이러니저러니 항의하지 말아주시길.

오 그렇군요.

독서를 하면 사람은 똑똑해진다. 무엇인가 벌써 눈치들을 채셨죠? 만약 그렇지 않다면 그건 내 책임이 아니다.

그렇다고 뻔뻔해지지는 말라.

나는 여러분보다 우월한 위치에 있다. 컴퓨터 앞에 있다는 거다. 만약 내가 지금 당장 알트(Alt) 키와 F3키를 동시에 눌러서 문서편집을 시작하면 전에 써두었지만 출판되지 않은 텍스트를 여기에 끼워 넣을 수 있다. 그렇게 하면 편안하게 일을 끝낼 수 있으니까.

내가 만약 그렇게 하면 여러분은 풍자적이면서 유머러스하게 포르노를 이해하려는 시도나 이태리의 산타클로스에 관한 5장 짜리 고찰, 독자투고란의 글 그리고 내 주소록 전부를 읽을 수 있을 것이다. 그러나 여러분이 굳이 그 글을 읽기 위해 시간을 할애해야만 하겠는가? 아마도 여러분들이 그 글을 읽을 동안 내 아내는 마카로니 그라탕이 잘못되었다고 화를 내고 있을 거다.

좋습니다.

다시 시작합시다.

이렇게 난 여러분들이 그렇게 높게 평가하는 사생활
로부터 다음 주제로 넘어가려 한다.

남은 생을
위한 전망

남은 생! 한 가지는 분명하다.

점점 까다로워진다.

우리는 이미 30년을 다소간의 시행착오를 겪으면서 보냈고, 그래서 피곤하고 쇠진했다.

하지만 그럼에도 불구하고 우리 앞에 지금까지보다도 더 많은 삶이 남아 있다는 것은 명확하다.

유년시절, 청소년 시절 그리고 직업교육과 같은 시간을 소비하는 일들을 우리는 이미 해치웠다.

선택한 직업을 우리는 아주 잘 해내고 있다.

하지만 갑자기 참을 수 없이 강력한 따분함이 우리의 삶에 밀려올 위험이 있다고 생각하지 않나?

그렇게 생각할 수도 있다.

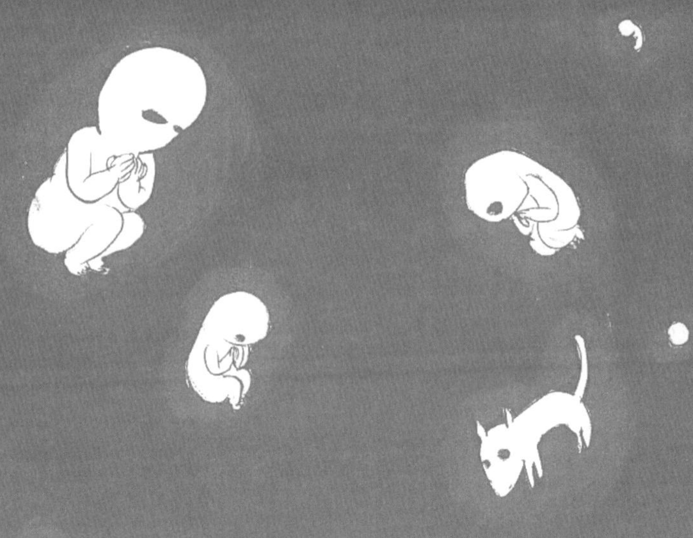

우리 앞에 지금까지보다도
더 많은 삶이 남아 있다는 것은 명확하다.

　세계를 조정하는 위대한 누군가가 그걸 걱정하여 사려 깊게도 남자들이 밤에 술집에 가면 여자들을 만날 수 있도록 준비시켰는지도 모른다. 하지만 그 다음 날 지난 밤 자기가 어느 술집에서 술을 마셨고, 술집에서 만난 여자가 곤드레만드레 취한 상태에서 순간적으로 지금 헤어지는 상대가 오래된 친구라고 착각을 하고 "잘 가!"라고 인사하며 키스를 하곤 사라졌는지를 기억하고 싶지는 않을 것이다. 8시에 반주로 한 잔을 시작하면서 첫 번째 여자를 만났다면? 그리고 새벽 2시경에는 이미 일곱 번째 여자를 만났다면? "그만둬!!" "알았다구." 우리가 술 취하면서 따분함을 잊어버리기 실험을 우리끼리만 했다는 게 분명하다. 술집에서 벌어지는 일들은 남자들끼리만 통용된다.

　밤이 오기 전에 당신은 이걸 파악해야 한다!

　우리가 모르는 새 존경을 표하게 되는 세계를 조정하는 위대한 인물은 우리가 절대 지루함을 느끼지 못하도록 만들었다.

　소소한 일들을 하나하나 열거하지 않겠다. 내 오토바이를 빌려가서 오토바이에 경유를 주입했기에 걸어 돌아왔던 내 이웃의 청년에 대해서도 한 마디도 하지 않

겠다. 매주 수요일 아침 6시부터 내 침실 바로 앞에서
불어로 목청을 높여 침엽수, 철쭉, 난초와 다육식물이
왔노라고 소리치는 네덜란드에서 온 상인들의 외침에
대해서도 한 마디도 하지 않으려 한다. 그 상인이 쨈을
판매하기 시작한 날, 나는 밖으로 나가서 그와 처음으
로 대화를 시작했다!

무엇이 문제인가?
지루함에 대한 걱정이 문제이다.
지루함에 대한 걱정 때문에 우리는 분위기 전환을 한
답시고 돈을 내다 버린다.
독자 여러분들은 혹시 내가 이 책을 브뤼셀에서 썼다
는 것을 눈치 챘던가? 나는 브뤼셀에 산다. 이건 별로
흥미로운 사실이 아니겠지만, 독자들이 이 사실을 어떻
게 눈치 챘는가는 흥미로운 일이다.

우리 동네의 신문 배달부는 아주 똑똑하다. 그는 일요
판 신문을 여섯이나 여덟 개로 나눠서 — 뒷면부터 앞면
의 차례로 — 우편함에 집어넣는다. 이렇게 하면 그는
일요판 신문이 문에 들어가지 않는다고 자명종을 눌러
잠자는 사람들을 깨우지 않아도 된다. 내 잠을 깨우는 건

수요일의 네덜란드 상인만으로 충분하다.

이런 것이 바로 다른 사람을 생각하는 방법이 아닐까?

만약 내가 능력만 있다면, 나는 이 사람을 크리스마스 휴가 때 풀과 정원이 딸린 지중해에 있는 빌라에 초대하고 싶다.

내 회계사는 한 달에 한번 나를 방문한다. 그는 영수증들을 챙긴 다음 "감사합니다!"라고 말하곤 사라진다. 만약 새로운 증명서 작성이 다 끝나면 호적과의 사람이 와서 "증명서를 갖고 한번 들러주세요"라고 말한다.

이 사람들 정말 정확하지 않은가?

그런데 이렇게 정확해도 되는 건가?

성인이 된 사람이 원하지 않아도 언젠가는 대답해야 하는 질문들이 있을까?

낭언히 있다.

아이를 낳을 것인가 말 것인가? 이런 질문에 나는 대답할 수 있다. 아이를 갖는 게 훨씬 더 장점이 많다. 만약 당신이 아이를 낳지 않고 이웃집 아이를 보아주는 걸로 대리만족을 느끼려 한다면 당신은 첫 번째로 당신의 이웃을 불행에 빠뜨릴 수 있고 두 번째로 이런 환상은 오래가지 않아 끝난다는 걸 명심해야 한다.

다음 질문. 우유 넣을래 아니면 설탕을 넣을래? 스테이크를 적당히 구워줄까 아니면 바싹 구워줄까? 커피를 포트로 시켜서 나누어 마실래? 오른 쪽에 뭐가 있어? 잔돈 있어? 치마 입어도 돼? 거기에 버스가 서? 은행은 어떻게 가?

이런 질문들은 내가 의미했던 게 아니다.

사람들은 왜 내 아내처럼 그런 질문들을 하는 것인가? 세상에 이런 일을 알린다는 건 슬프다. 하지만 나는 그걸 일종의 치료로 간주하려 한다.

내 아내는 이제 서른 한 살이고, 얼마 전에 몇 천 마르크의 유산을 받았다. 많지도 않고 적지도 않은 돈이다. 우아한 옷을 입고 여행을 하기에는 많은 돈이고, 은행에 넣어두고 이자를 받기에는 적은 돈이다.

노인네라면 이런 경우 어떻게 할까? 그들은 아마 싸구려 옷만 전문으로 파는 울월스 매장에서 산 지 5년이 넘는 청바지에 발가락이 나오는 양말을 신고 이케아에서 산 중저가 조립식 소파 위에 앉아서 땅콩 캔을 들고 귄터 피츠만 카탈로그를 보면서, 이게 제일 낫다고 생각할 것이다.

좋다.

만약 내가 이 책을 끝내려면 이 '여자'에게 싫은 소리를 해야겠다.

하지만 내가 누구에게 상처를 주면 안 될까? 우리 집 청소를 하는 필리핀 여자 윌마(Wilma)에게 상처를 주면 안 될 것이다. 우리 집 고양이 미쓰니크가 음식을 먹고 우유를 마시는 그릇을 늘 놓여있던 곳에서 다른 곳으로 옮기면서 그녀는 이렇게 멋진 말을 했다. "고양이 밥그릇을 씻으려고 싱크대로 옮겼어요. 근데 미쓰니크한테 보여주는 게 좋을 것 같네요. 안 그러면 미쓰니크는 밥그릇이 안 보인다고 우울증에 걸릴지도 모르니까요."

이 이야기가 우리가 이야기하려고 했던 주제와 어떤 관계가 있을까?

내가 지금 메모할 수 있는 쪽지는 갖고 있지 않은데, 출판사에 제안해야 하는 엄청난 프로젝트가 생각났다. 그래서 이걸 여기다가 쓰겠다. 출판 편집자들은 정말 좋은 책만을 읽는다. 올리버씨, 내가 말하는 책을 다음에 꼭 만들자구요. 계약서를 준비해두시죠. "저자 : 한스 칸테라이트. 제목 : 글 써서 먹고살기. 초심자를 위한 초고속 코스. 노인들도 읽을 수 있는 큰 글씨. 21페이지. 2개의 흑백 삽화. 98마르크."

다시 주제로 돌아가자.
남은 생!
한 가지는 분명하다. 서른 이후에 우리는 훨씬 더 편안해질 것이다.
안정 속에 뛰어남이 있다.

독자 중에서 방년 65세를 두려워하는 사람이 있는가?
이 연령층 중에는 사춘기 청소년보다 훨씬 나은 노인네들이 있다. 예를 들어 잘 관리된 충동이 현명함과 섞여 있다면 얼마나 아름답겠는가!

말타의 한 바에서 나는 오랫동안 60대 노인이 어떻게 일상적인 일을 하는지를 관찰할 기회가 있었다.
바의 건너 편 부둣가에 은퇴한 고급 선원들을 위한 특별 탁자가 있었다. 바의 주인은 주문 받은 영국산 생맥주와 스카치 위스키를 제공하려면 간선도로를 건너가야만 했다. 바의 주인은 나이든 선원들이 해초와 소금기와 직접적인 접촉을 하지 않으면서도 목마르지 않도록 이들에게 이 특별 탁자를 배당했다.

이들은 그 사실을 머리 속에 잘 간직했고, 성 능력이 있는 어떠한 여자 — 그들에게는 35세부터 70대 초반까지가 해당되었다 — 도 그들 곁을 격식을 갖추어 인사하지 않은 채로 지나가게 하지 않았다. 그들은 여자들에게 같이 앉을 것을 권유했고 — 그들은 항상 여자들을 위한 여벌의 접이 의자 두세 개를 갖고 있었다 — 음료수를 접대하면서 농담을 하고, 여자들이 떠날 때는 반드시 그들의 뺨에 키스를 하게끔 만들었다. 음료수를 마시지 않겠다는 여자들에게는 아이스크림을 대접했다. 이들이 대접하는 아이스크림의 크기는 그들이 평가한 여자들의 '매력도' 와 상관 있었다. 손자를 데리고 있는 55살 짜리 여자는 제일 작은 사이즈의 아이스크림 가치가 있는 것으로 평가되었고, 비키니 차림의 관광객은 엄청 큰 사이즈의 아이스크림을 대접받았다. 만약 완전히 벗은 사람이 있다면 어떤 일이 벌어지겠는가는 여러분이 추측할 몫으로 남겨둔다. 내가 관찰하는 동안 벗고 지나가는 사람은 없었다.

사람은 어떻게든 반드시 늙는다.
왜 안 그렇겠는가?

또한 언젠가는 책도 끝이 나야 한다.

책을 여기서 끝내면 안되겠는가? 하지만 내가 여러분에게 이 책의 주제와는 전혀 상관없는 이야기를 설명하기 전에 이 책을 끝낼 수는 없다.

이 책의 주제와 상관없어 보이는 이야기를 반드시 해야 하는 이유가 있다. 방해받지 않은 채로 일하는 게 좋지만 나처럼 여러분에게도 그건 불가능할 것이다.

내 아내를 생각해 보라! 내가 이 책을 쓰고 있는 동안 아내는 하루에 한 번 문 사이로 고개를 내밀고는 물었다. "위르겐 플리게와의 이야기를 쓰고 있는 건가요?" 물론 나는 매번 성인이 되는 것에 대한 책을 쓰고 있다고 대답했고, 그 책 속에 위르겐 플리게와 관련된 이야기는 없다고 말했다. 그 다음날도 아내는 고개를 내밀고는 또 물었다.

"쓰고 있는 건가요?"

"난 지금 책을……."

"아름다운 이야기예요……."

"여보! 다음에 이야기하자고……."

"쓰고 있는 건가요?"

이렇게 날들이 흘러갔다.

그리고 지금의 순간이 왔다.

하지만 오늘 아내는 아직까지도 나타나지 않았다. 만약 그녀가 나중에 오게 되면 나는 선수를 칠 생각이다.

"여보 이미 책을 다 썼다구!"

아내가 이런 농담을 좋아할까?

마지막으로 위르겐 플리게의 이야기를 하겠다. 아내가 생각하는 것처럼 이 이야기의 어느 점이 그렇게 재미있는지는 모르겠다.

한 10년 전쯤 나는 아침마다 6시 30분에 함부르크 담토아에서 열차를 타고 남쪽으로 통근을 했다. 나는 아침 식사 때문에 시간을 낭비하기 싫었기 때문에 기차를 타면 곧바로 식당칸으로 갔다. 식당칸에는 이미 장 퓌츠와 위르겐 플리게가 있었다. 그 둘 이외엔 아무도 없었다. 그 둘은 서로 눈이 마주치지 않기 위해서 다른 식탁에 등을 돌리고선 앉아있었다. 장 퓌츠는 오렌지 주스와 샴페인을 마시면서 영어로 된 물리 책을 읽고 있었고, 위르겐 플리게는 커피를 마시면서 지루한 표정으로 창 밖을 내다보고 있었다. 플리게가 웨이터에게 계산하겠다고 말했고, 웨이터가 왔다. 플리게는 자기가 직접 계산을 해서는, 웨이터에게 영수증을 달라고 했다. 웨이터는 영수증을 가지고 와서 플리게의 탁자 위

에 올려놓았다. 그는 내 탁자 곁을 지나면서 나지막이
중얼거렸다.
"내가 웨이터야 아니면 저 사람 기록계원이야?"
이게 전부다.
이제 끝맺어야겠다.
아내가 오는 소리가 들린다.

서른 살 삶에 더 이상 금기는 없다

성숙한 시민에게 위안을 주는 작은 책

초판 인쇄 2002년 12월 12일

초판 발행 2002년 12월 23일

지은이 한스 칸테라이트

옮긴이 노명우

펴낸이 손자희

펴낸곳 문화과학사

출판등록 제 1-1902(1995.6.12)

주소 110-300 서울시 종로구 관훈동 198-16 남도빌딩

전화 02-335-0461

팩스 02-720-0466

e-mail transics@chollian.net

ISBN 89-86598-38-8 03800